MÃE SEREIA

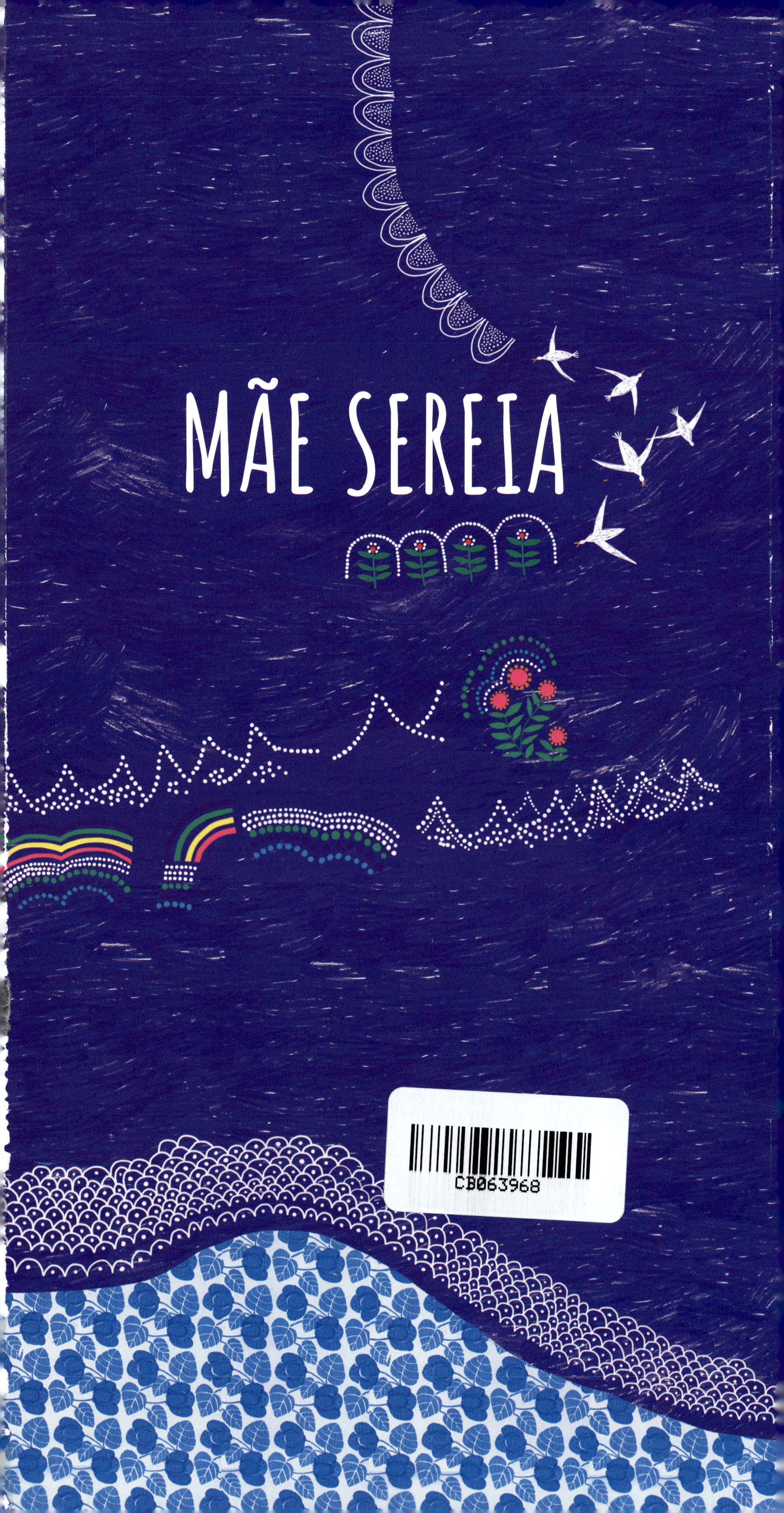

editoras
Cristina Fernandes Warth
Mariana Warth

coordenação de produção, projeto gráfico e diagramação
Daniel Viana

tradução
Michelle Strzoda

revisão
Aline Canejo

Este livro segue as novas regras do Acordo Ortográfico da Língua Portuguesa.

Dados Internacionais de Catalogaçãona Publicação (CIP)
Angélica Ilacqua CRB-8/7057

C256m

Cárdenas Angulo, Teresa, 1970-
Mãe sereia/Teresa Cárdenas;ilustrações de Vanina Starkoff ; tradução de Michelle Strzoda.-- Rio de Janeiro, RJ :Pallas Mini, 2018.
32p. : il.

ISBN: 978-85-67751-16-0

1. Literatura infantojuvenil cubana 2. Escravidão - Literatura infantojuvenil I. Título II. Starkoff, VaninaIII. Strzoda, Michelle

18-1783 CDD 028.5
CDU 087.5

Pallas Míni
Rua Frederico de Albuquerque, 56 - Higienópolis
CEP 21050-840 - Rio de Janeiro - RJ
Tel./fax: 21 2270-0186
www.pallaseditora.com.br
pallas@pallaseditora.com.br

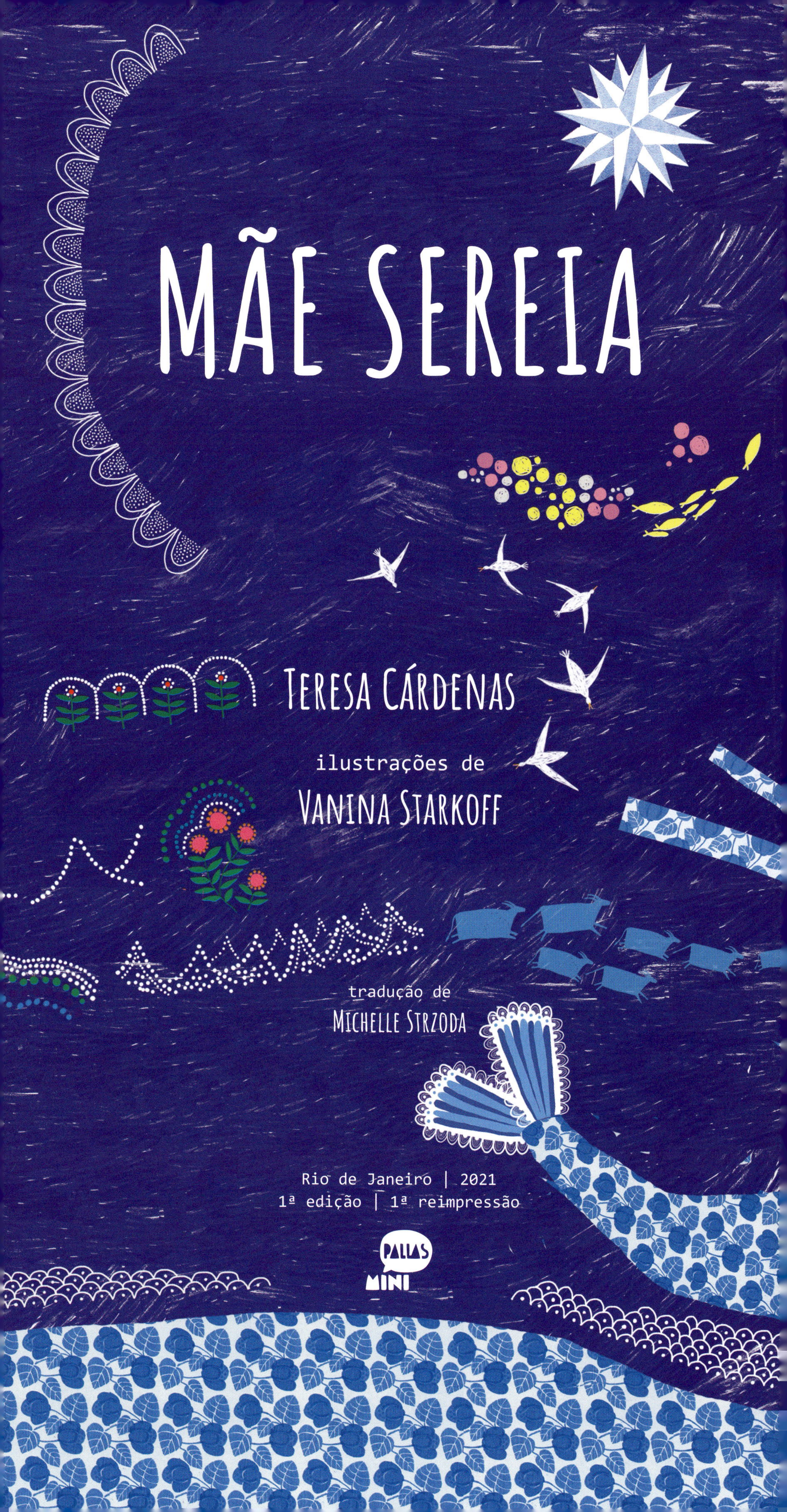

MÃE SEREIA

TERESA CÁRDENAS

ilustrações de

VANINA STARKOFF

tradução de

MICHELLE STRZODA

Rio de Janeiro | 2021

1ª edição | 1ª reimpressão

PALLAS MINI

Para Susy, Pedrito e Adriano.
Para Mãe Beata, porque o mar me fez conhecê-la.
Para Fernanda, Heloisa e Concepción, amigas e irmãs.

Teresa Cárdenas

Para a Mãe Sereia e todos seus peixinhos.

Vanina Starkoff

Há muitíssimo tempo, quando da costa africana partiu o primeiro navio carregado com escravos, Mãe Sereia, a deusa iorubá dos peixes e das águas salobras, mergulhou na imensidão das ondas transformada em uma enorme sereia anil e seguiu a esteira de espuma e lágrimas através do oceano.

No fundo úmido do navio, amontoados uns sobre outros, acorrentados, gemendo por sua sorte, iam os filhos das florestas e as chapadas cálidas, os caçadores de gazelas e gnus, os guerreiros magníficos, os feiticeiros e as amas de leite, os garotos que brincavam no pé das montanhas e nos quilombos, os herdeiros de reinos ancestrais.

Por fora, submersa nas águas, a sereia escutava os lamentos e as súplicas, e seu duro coração de caracol se estremecia de dor.

Inabalável, navegava o navio em uma travessia que parecia não ter fim. Fendia tenazmente as indomáveis águas atlânticas, avançando a favor ou contra os ventos marinhos, guiados pelas constelações e as bússolas, atravessando tempestades e dias de sol feroz.

Em uma manhã, depois de muitos dias, os donos do navio decidiram levar os prisioneiros à superfície, para respirar ar puro. Temiam que, pela clausura e pelas condições da viagem, morressem sem chegar ao seu destino.

Se acontecesse isso, ficariam sem mercadoria para vender no mercado de escravos. Perderiam todo o capital investido no navio e "nas peças". Seria um verdadeiro desastre.

Quando os prisioneiros subiram à proa, cegaram-lhes o brilho do dia e o branco da espuma que golpeava os lados da embarcação. Seus rostos estavam abatidos; e seus corpos, completamente nus, entorpecidos. Tinham fome, sede, frio, medo. O vaivém das ondas os mantinha em constante vertigem. Vomitavam uns sobre os outros, e seus olhos inutilmente buscavam a mancha apaziguante da terra no horizonte.

Não estavam acostumados com aquele mar aberto e selvagem. Muitos nem sequer sabiam de sua existência. À confusão e ao terror que viviam, somavam-se o assombro e a fascinação por aquelas ondas que se moviam como serpentes.

Levavam dias naquele inferno de águas. Água, somente água, por toda parte. Água translúcida, violenta. Velozes sombras azuis e verdes envolvendo o navio. Orvalho branco explodindo nas madeiras e salpicando sobre suas cabeças.

Aonde os levavam? O que fariam com eles? Quem eram aqueles homens de caras brancas e barbudas que os tratavam pior do que jumentos e os mantinham presos? Que fim levou tudo o que conheciam? E seus pais, seus irmãos, seus filhos? O que seria deles? Quando voltariam a vê-los?

Olhavam-se nos olhos com espanto. Ainda sem se conhecer, sem entender bem suas palavras, apertavam-se entre si, buscando refúgio, proteção. O navio e o temor haviam irmanado meninos e mulheres adultas, homens fortes e jovens moças. Sãos e enfermos, aqueles que tinham a cor da terra úmida e aqueles que pareciam areia das planícies. Os altos, os baixos, os bons, os maus. Agora eram iguais. Todos escravos.

Suas lágrimas pareciam-se, sua angústia e sua dor eram similares. Todos navegando naquele navio de ódio, querendo entregar a alma a cada instante e, ao mesmo tempo, temendo fazer isso.

Não havia dúvida de que a Morte estava com eles. Podiam vê-la com sua careta branca e seu manto de folhas secas batendo ao vento, sentada na proa ou no alto de um mastro, fitando-os em silêncio. À noite se apoiava nos trincos do porão onde lhes enclausuravam e ficava ali esperando. Às vezes, atravessava sobre os corpos debilitados pela tontura ou flutuava entre as correntes que balançavam do teto. Ou sustentava a cabeça de algum moribundo, sussurrando-lhe ao pé do ouvido, atenta como se fosse uma mãe, acomodando-se sobre seu peito e cobrindo-lhe devagar com seu manto ocre. Tudo dependia de quanta vida lhe restava, de quantos suspiros, do quão profunda era a agonia.

Mas também, com frequência, atuava de maneira fulminante, como relâmpago. Aconteceu com a menina de dentes afiados e marcas na face. Morreu subitamente, machucada na cabeça com os aparelhos amontoados em um canto. Também o homem esguio, que expirou aos gritos, em uma nuvem de náuseas e excrementos.

Não obstante, nada afetou tanto os escravos quanto a morte das crianças. Quase todas tinham sucumbido desde a partida.

Era verdade: a Morte estava com eles desde o começo daquela viagem. Foi quem primeiro saiu do depósito de prisioneiros da costa e subiu pela passarela de madeira do navio. Estava com eles sob aquele sol salgado e as nuvens que se misturavam com a água. Estava na bile que expulsavam, no chicote dos brancos e na água gelada que penetrava pelas escotilhas.

Os escravos viam sua careta ossuda a cada momento, mesmo quando fechavam os olhos. E tremiam, pensando no que irremediavelmente estava por vir.

No entanto, alguns brancos também haviam morrido. Um de febre e vermes. Outro de uma punhalada que ganhou de seu companheiro, para roubar suas botas de couro. E mais três pelos golpes demolidores de um escravo enlouquecido.

Alguns prisioneiros respiravam aliviados.

Descobriram que, ao menos antes da Morte, aqueles demônios de cabelos vermelhos e amarelos, com olhos azuis e sua ferocidade, com seus passos fortes, seus chicotes e suas pistolas, eram iguais aos escravos.

Da espuma, Iemanjá Ayabá Ti Gbé Ibú Omí observava como os homens faleciam. Mas não podia intervir sem romper o pacto que os deuses fizeram com a Morte desde o início dos tempos.

Os escravos deviam pedir-lhe amparo. Só assim seria possível ajudá-los. Porém, arrasados por seu temor, eles esqueciam suas divindades protetoras e as histórias que os anciãos contavam nas aldeias. Anciãos e feiticeiros, sentados ao redor do fogo e da comida, narravam, para todos, contos de deuses guerreiros e de mulheres que enfeitiçavam com sua beleza. Contavam sobre os homens-pássaros e sobre uma sereia antiga que vivia no fundo dos mares. Contos, histórias sem fim, correntes de vozes e cantos que remontavam tão longe no tempo que se desconhecia se havia sido um homem ou Deus que havia pronunciado a primeira palavra.

Eram histórias de divindades que acompanhavam cada povo ou tribo desde o princípio dos séculos. Laboriosamente mantinham-se vivas, aferrando-se aos homens, no boca a boca, de noite a noite, de ancião a jovem.

E agora, entre prantos e lamentos, os escravos as apagavam de suas mentes.

Quem era o deus que tornava fértil a terra e protegia os semeados e colheitas? Não sabiam mais.

E a bela deusa dos rios de água doce que acalmava a sede e os pesares? E o deus vagabundo e caçador que protegia andarilhos e crianças? E o que governava sobre a terra violenta com trovões e relâmpagos? Não lembravam. E a deusa branca da paz e da sabedoria? E a Deusa Sereia, a mãe dos peixes e dos homens…?

Silêncio em suas cabeças. Não queriam mais lembrar aquelas histórias que remontavam à infância. Para quê? Quem viria salvá-los…? Por acaso o deus do trono retumbaria sobre os brancos e os transformaria em pó? A deusa das águas doces lançaria uma avalanche de peixes azuis sobre o coração do capitão do navio e o tornaria compadecido? Os deuses antigos trariam do reino dos mortos os que haviam partido em um turbilhão de dor?

Não. Da África, saíram mais de trezentos e cinquenta. Depois dos castigos e torturas, das doenças e tempestades, dos afogamentos e das febres, só restaram cento e quinze.

As histórias de deuses pássaros e relâmpagos protegendo os homens pareciam bobagem, mentira para garotos. Só isso e nada mais.

Iemanjá Ayabá Ti Gbé Ibú Omí, seguindo a esteira que o navio deixava, não os culpava. Como fazer isso? Os prisioneiros se sentiam abandonados à sua própria sorte, sem esperança nem alívio.

Quando a noite caía e os homens dormiam, a sereia anil debruçava-se fora d'água. Seu rosto era negríssimo e misterioso; e, em sua cabeça, uma coroa de corais eternos brilhava ainda mais que o sol e o fogo. A luz inundava o navio, mantendo todos em sonolência.

Nesses instantes, o mar mantinha-se estático, as ondas em estranha calma. Não havia vento nem som. Muito lentamente, Iemanjá Ayabá projetava a testa verde-negra, com escamas prateadas, e seus olhos de búzios observavam atentamente o navio. As tiaras de seu cabelo brilhavam como estrelas, iluminando as pálpebras fechadas e as fezes dos escravos, as lunetas, as bússolas e as sextantes dos brancos. Depois de um período sem saber o que fazer, voltava às profundezas. E, então, o movimento das ondas voltava, e o vento retomava seu caminho.

No entanto, em uma madrugada sem lua, tudo mudou. Os homens já dormiam e, o silêncio reinava no navio e, como todas as noites, a sereia emergiu suavemente do oceano.

Do lado de fora, uma escuridão absoluta sob um manto de estrelas fugazes.

Iemanjá Ayabá rodeou a embarcação movendo a água com sua enorme cauda azulada, incrustada de conchas e anêmonas. Contornando a popa, veio a figura entocada entre as cordas e redes.

Era uma jovem, só uma menina. Tremendo de medo, olhava para os lados e se inclinava para a água, sussurrando algo.

- Iyamí Aró, sa orí ere egba mi! Sa orí ere egba mi, Iyamí! - repetia várias vezes.

Iemanjá parou no ato. Aquela menina falava um idioma muito antigo. Pedia a ela que lhes salvasse da Morte e dos brancos, que lhes levasse de volta às montanhas e aos vales que conheciam, que partisse em dois aquele navio e lhes libertasse da dor e da tristeza.

A sereia escutava, e a voz da jovem soava como melodia em sua orelha de caracol. Eram palavras muito antigas, de quando o homem vivia em uma terra que parecia jardim e não conhecia mais nada.

A jovem lhe suplicava, com palavras de ancião cerimonioso. Deu-lhe, com muito respeito, um de seus primeiros nomes. Iyamí Aró, mãe poderosa e azul. Talvez havia aprendido isso com os avôs ou o feiticeiro de sua tribo, e estes com seus antepassados.

Iemanjá aproximou seu rosto ao da garota, enquanto esta continuava sussurrando palavras de rogo para a escuridão que bailava em frente a ela.

Com seus olhos humanos, não podia distinguir a velha sereia do mar. E esta se perguntava como aquela garotinha, frágil e chorosa, tinha conseguido escapar da maré de sonho que a deusa provocava. Entre todos os prisioneiros, somente ela havia conseguido escapar até a proa, avançando na ponta dos pés sobre ferros, cordas e velas amontoados. E agora, inclinada pela varanda de madeira lustrosa, rogava a Iyamí Aró sobre as águas tranquilas.

Quem era aquela menina? Mãe Sereia percebeu a fortaleza de seu coração e de seu desejo. Dentre os escravos, e apesar de sua comoção, ela era portadora de algo mais profundo que a Vida e até que a própria Morte.

Mãe Sereia viu-se refletida em seus olhos. E, por um momento, a menina pareceu vê-la também. Foi somente um segundo, mas para Iemanjá Iyamí Aró foi suficiente.

Sem duvidar nem mais um só instante, levantou sua cauda e arremeteu contra o navio, que se fez em pedaços sob o poderoso impacto. Os homens, brancos e negros, caíram no mar tempestuoso com gritos de espanto. Fundindo-se nas águas escuras, sentiram o abraço de Mãe Sereia, que se tornou visível diante de seus olhos.

Era uma visão fantasmagórica, incompreensível. Só se viam escamas, caracóis em uma nuvem de fogo, água violeta e amarela, olhos cheios de búzios e relâmpagos. E o mar, sempre o mar, abrindo-se sob eles.

Irmanados ante o naufrágio, os homens pensaram ser sua última hora. Mas… não morreram.

Mãe Sereia, anil e amorosa, os envolvia um a um e, depois, saíam dentre seus braços de caracol, como ágeis golfinhos e peixes de devaneios.

Todos, transformados em tritões, sereias, polvos, cavalos-marinhos, estrelas e anêmonas alojaram-se mar adentro, em direção às profundezas do oceano. Sobre as águas, flutuando em um marasmo sujo, ficaram os restos do navio negreiro. E também ficou a menina que havia pronunciado as palavras mágicas.

Não tremia nem balbuciava mais. Seus pés descansavam sobre um pedaço de madeira. Sua pele ficou mais negra que a noite e seus olhos se tornaram celestes e brilhantes. Devagar, as ondas a guiaram para uma terra longínqua, desconhecida. Dentro dela, o mistério maior que a Morte e a Vida. As palavras.

Mãe Sereia, a poderosa rainha dos mares, não voltou a se mostrar diante dos olhos humanos. Jamais voltou ao sol e ao ar, nem mesmo quando outros navios continuaram carregando homens e mulheres para escravizá-los no Novo Mundo.

Dizem que decidiu se esconder no profundo, longe da maldade e do sofrimento dos homens. No entanto, certas noites de lua em quarto crescente, quando o mar se enfurece com agitação, alguns juram ver nas águas uma multidão de golfinhos e peixes, escoltados de perto por Iemanjá Ayabá Ti Gbé Ibú Omí, a antiga sereia de escamas intensamente azuis.

Sobre a autora

Teresa Cárdenas é escritora, atriz, contadora de histórias e assistente social. É membro da Associação de Escritores da União de Escritores e Artistas de Cuba. Recebeu vários prêmios que a creditam como uma das vozes mais relevantes da literatura para crianças e jovens em Cuba, entre os quais se destacam:

Cartas para a minha mãe
Prêmio David, 1997; Prêmio da Asociación Hermanos Saíz, 1997; Prêmio Nacional da Crítica Literaria, 2000. Publicado em Cuba, Canadá, Estados Unidos, Suécia e no Brasil pela Pallas Editora.

Cachorro velho
Prêmio Casa de las Américas, 2005; Prêmio de la Crítica Literaria, 2006; Prêmio La Rosa Blanca. Publicado em Cuba, Canadá, Estados Unidos, Suécia, Coreia do Sul e no Brasil pela Pallas Editora.

Os livros acima foram adotados em programas de leitura em escolas brasileiras públicas e privadas. Seus contos aparecem em diferentes antologias em Cuba e em outros países. Sua obra foi estudada em diversas ocasiões para desenvolvimento de ensaios literários e teses universitárias em Cuba, Estados Unidos, Colômbia, Venezuela e Brasil.

Teresa mora em Havana e tem três filhos.

Sobre a ilustradora

Vanina Starkoff nasceu em Buenos Aires, Argentina, onde se formou como designer gráfica na Universidade de Buenos Aires e mora no Brasil desde 2014. O caminho do coração a levou à descoberta do mundo das imagens e dos livros para crianças. É apaixonada pelas cores e paisagens que sempre pintou e, em busca de seu grande amor, vive em Búzios, uma cidade praiana no Rio de Janeiro.

Tem 20 livros publicados em diversos países: Brasil, Argentina, México, Canadá, Portugal, Espanha, França, Itália, Inglaterra, Coréia do Sul e Emirados Árabes.

Foi finalista do III Prêmio Internacional Compostela para Álbuns Ilustrados em 2010, na Espanha, e finalista do Prêmio Jabuti na categoria ilustração em 2015, no Brasil.

Recebeu menção honrosa no concurso de livro álbum A la orilla del viento, em 2010, e menção honrosa no concurso de livro álbum Invenciones em 2011, ambos no México.

Publicou pela Pallas Míni o título *Pelo Rio*.

Este livro foi impresso em novembro de 2021, na Gráfica Edelbra, em Erechim. As fontes utilizadas são a Consolas e a Amatic SC. O papel de miolo é o couché matte 150g/m² e o de capa é o cartão 250g/m²